W9-ABM-091

Para mi Lisa
ABH

Para Stéphanie, Benoit y Romain
BL

Brière-Haquet, Alice, 1979-
Nina / Alice Brière-Haquet, Bruno Liance ; traducción Ana Beatriz Guerrero Alvarado. -- Edición Alejandro Villate Uribe. -- Bogotá : Panamericana Editorial, 2017.
40 páginas : ilustraciones ; 27 cm. -- (Rayuela)
ISBN 978-958-30-5461-7
1. Cuentos infantiles franceses 2. Afroamericanos - Cuentos infantiles 3. Música - Cuentos infantiles 3. Jazz - Cuentos infantiles I. Liance, Bruno, autor II. Guerrero Alvarado, Ana Beatriz, traductora III. Villate Uribe, Alejandro, editor IV. Tít. V. Serie.
I843.91 cd 21 ed.
A1559687

CEP-Banco de la República-Biblioteca Luis Ángel Arango

Primera edición en Panamericana Editorial Ltda.,
marzo de 2017
Título original: *Nina*

Calle 12 No. 34-30, Tel.: (57 1) 3649000
Fax: (57 1) 2373805
www.panamericanaeditorial.com
Tienda virtual: www.panamericana.com.co
Bogotá D. C., Colombia

Editor
Panamericana Editorial Ltda.
Edición
Alejandro Villate Uribe
Ilustraciones
Bruno Liance
Traducción del francés
Ana Beatriz Guerrero Alvarado

ISBN 978-958-30-5461-7

Impreso por Panamericana Formas e Impresos S. A.
Calle 65 No. 95-28, Tels.: (57 1) 4302110 - 4300355. Fax: (57 1) 2763008
Bogotá D. C., Colombia
Quien solo actúa como impresor.

Impreso en Colombia - *Printed in Colombia*

Alice Brière-Haquet

Bruno Liance

Go to sleep my precious one
Day is done and night is near
When you wake you'll see the sun
Wish you for a star to steer.

Canción de cuna que le cantaba Nina Simone a su hija

PANAMERICANA
EDITORIAL
Colombia • México • Perú

Dream, my baby dream,
Until spread your wings...

Oh, Lisa, mi Lisa,
el sueño no quiere venir esta noche,
escucha entonces mi historia...

Esta comienza como muchas,
con un bebé perdido en una manta blanca
y en la sonrisa brillante de su mamá.

Este pequeño bebé era negro.
Este pequeño bebé era yo.

Yo no lo recuerdo, evidentemente,
mi primer recuerdo de niña
data de tiempo después.
Yo debía tener tres años.

Había 52 bellos dientes blancos
y 36 negros más pequeños,
como clavados en el teclado.

"Estos son los bemoles, los semitonos",
explicó el profesor.
Yo pregunté por qué.

“Porque así es”.
Sí, era así.
En todas partes y para todo.

Del solfeo aprendí que una blanca
valía dos negras,
y en el bus, por la noche,
yo debía ceder mi lugar.

Yo hubiese podido enojarme,
o peor, creerles:
Nosotros solo éramos semihombres
en un inmenso teclado de marfil.

Pero no.

Basta con que las notas se mezclen,
bailen juntas en el aire,
para que la mentira desaparezca:
No hay color en la música.

Solo hay un ritmo.
Solo un corazón.

"Bum".
"Bum".

Un latido por segundo,
el mismo para todo el mundo.

Entonces, de pie en el bus,
los ojos cerrados,
yo me repetía esta melodía,
esos destellos de humanidad.

Los años pasaron.
Yo tocaba a Mozart, Liszt,
Beethoven, Chopin, Debussy...

... y a todos los grandes “empolvados”
de los siglos pasados.
Tenía el don. Eso me decían.

A los 12 años, la iglesia a la que íbamos
me organizó una presentación.
Mamá cosió un bello vestido blanco,
con pliegues y cintas.
Dios sabe lo orgullosa que estaba:
¡Su hija en concierto!

Oh, mamá, mi mamá...
Tú estabas sentada en primera fila
con tu brillante sonrisa.

Pero cuando los Blancos llegaron,
tuviste que levantarte.

Yo cerré fuertemente los párpados
para escuchar mis sueños bailar en el aire.
Pero nada, solo zumbaban
el silencio y la injustica.

Entonces me rehusé.

Ahí, inmediatamente, en ese momento,
los Negros, los Blancos, no me importaban.
No había nada más que mi corazón que latía,
y latía por mi mamá.

Debía ser ella quien estuviera en primera fila.

Entonces ella volvió.
Mamá ya no sonreía
y mis dedos temblaban aún de cólera,
pero creo que fue un buen concierto.

Oh, Lisa, mi Lisa,
más tarde, mucho más tarde,
cuando tú ya estabas acá,
un hombre llegó a nuestras pantallas,
a nuestros radios,
a nuestros periódicos
y dijo:
"*I have a dream*".

Solo un sueño, nada más,
pero él creyó
y la gente lo siguió.

DECENT
HOUSING
NOW!
VOTE
JOBS
FOR ALL
NOW!

EQUAL RIGHTS NOW!
VOTING RIGHTS NOW!
A DECENT PAY NOW!
YOUNG, GIFTED AND BLACK!

Ese sueño fue mi sinfonía:
Negros y Blancos juntos
en la gran danza de la vida.

Podríamos decir que se hizo realidad,
¡oh, Lisa, mi Lisa!
Pero es tan frágil...
Cuídalo tú también.

Dream, my baby dream,
Until spread your wings...

Traducciones

Portada

Ve a dormir mi dulce tesoro
El día terminó, la noche está cerca
Cuando despiertes verás el sol brillar
Oro para que una estrella guíe tus pasos.

Páginas 6 y 36, y contracarátula

Sueña, mi bebé, sueña,
hasta que extiendas tus alas...

Página 30

"Yo tengo un sueño".

Páginas 32 y 33

Voto.
Vivienda digna, **¡ahora!**
Trabajo para todos, **¡ahora!**
Igualdad de derechos, **¡ahora!**
Derecho a votar, **¡ahora!**
Salario justo, **¡ahora!**
Trabajo para todos, **¡ahora!**
¡Jóvenes, talentosos y negros!